J 741.597 Kin
King, Trey
La venganza de Cragger /
$3.99   ocn884964432

I1014352

LA VENGANZA DE CRAGGER

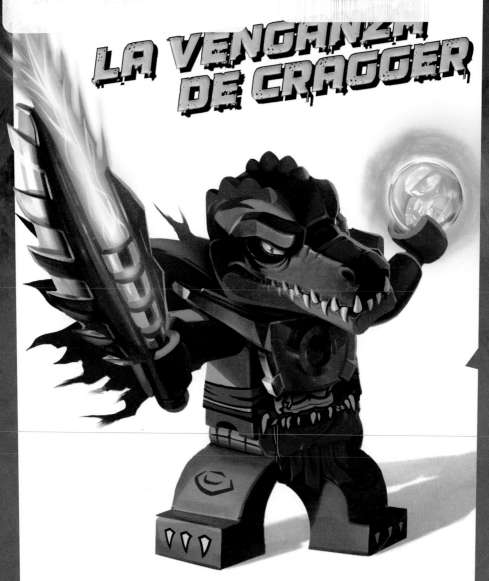

Adaptado por Trey King

SCHOLASTIC INC.

Originally published in English as *Legends of Chima™: Cragger's Revenge*

Translated by J.P. Lombana

No part of this publication may be reproduced, stored in a retrieval system, or transmitted in any form or by any means, electronic, mechanical, photocopying, recording, or otherwise, without written permission of the publisher. For information regarding permission, write to Scholastic Inc., Attention: Permissions Department, 557 Broadway, New York, NY 10012.

ISBN 978-0-545-66521-6

LEGO, the LEGO logo, the Brick and Knob configurations, the Minifigure and LEGENDS OF CHIMA are trademarks of the LEGO Group. © 2014 The LEGO Group. Produced by Scholastic Inc. under license from the Lego Group.
Translation copyright © 2014 by Scholastic Inc.

All rights reserved. Published by Scholastic Inc. SCHOLASTIC, SCHOLASTIC EN ESPAÑOL, and associated logos are trademarks and/or registered trademarks of Scholastic Inc.

12 11 10 9 8 7 6 5 4 3 2 1   14 15 16 17 18 19/0

Printed in the U.S.A.
First Scholastic Spanish printing, August 2014

MIX
Paper from
responsible sources
FSC® C020056

En el Pantano Cocodrilo…

Cragger es el nuevo rey de los cocodrilos. Pero está triste porque sus padres desaparecieron.

Crawley y Crug intentan alegrarlo.

¡Tachán!

Perdón, papá.

Me alegra que pudieras venir al momento más *importante* de tu vida.

Solo se llega una vez a la Edad de la Transformación, hijo. Hoy te conviertes en un *Verdadero León*.

¡Vas a estar *orgulloso* de mí, papá!

Hijo, por primera vez sostendrás una esfera, la pondrás en tu pecho y sentirás el poder del CHI.

¡Fantástico! Quiero decir, ¡por Chima™!

De repente, afuera...

¡KABUM!

¡El cocodrilo se escapa con el CHI de Laval!

¡Tengo que alcanzarlo!

Laval persigue al cocodrilo hasta la jungla.

¡ZUUUUUUUUM!

Laval acelera.

¡Allá voy!

Suelta el CHI, *reptil*.

¡Nunca!

¡TRAS!

El cocodrilo pierde la máscara.

Oh...

¡Ríndete ya! ¿Qué?

¿Eres tú, *Cragger*?

¡PUM!

¡PUM!

¡Por fin!

¡TRAS!

¡Ayyy!

¡Ahhhhh!

¡Cragger, viejo amigo! ¡Lánzame una enredadera!

¿Cuándo aprenderás? ¡No soy tu amigo!

GLUB

Siempre fuiste un mal nadador.

¡Las águilas también!

¡ZUUM!

Pero les está yendo mal...

No sé cuánto más podremos resistir, jefe.

Tenemos que continuar. Sin nosotros, ¡Chima *perecerá*!

21

¡Imposible!

Cragger vuelve al campo de batalla.

¿Cómo va todo, Crooler?

No falta mucho para que la resistencia de los leones se derrumbe. ¿Te encargaste de Laval?

Yo... ¡Ay, no, Laval! ¡Crooler, creo que he cometido un gran error!

Quiero decir...

HUELE TOSE

Quiero decir que no volveremos a verlo nunca más.

De repente...

¿QUÉ?

¡Laval llega montado en una Bestia Legendaria!

¡Madre mía! ¿Una Bestia Legendaria?

¡Eso es imposible! Las Bestias Legendarias no existen.

No lo creo. No puede ser...

¿Qué les pasa a todos? ¿Crooler? ¿Tú también?

Nunca he visto una Bestia Legendaria. Solo he oído la Gran Historia.

HUELE

Yo... *Grrrr.* ¡No es más que una *simple* historia!

¡No podrán con *nosotros* y *nuestro* CHI!

¡Cragger utiliza el CHI!

¡Ahhhhhhhhhhh!

¡Te mostraré lo que es una *verdadera leyenda, bestia*!

¡PLAFF!

Creo que *esto* me pertenece.

¡Laval utiliza el CHI!

¡Ahhhhhhhhhh!

Los cocodrilos parten corriendo.

¡Vámonos!

¡Vámonos de aquí!

Sabes que esto no termina aquí. *¡Volveremos!*

Ya se fue.

Sabes que estaba en tus manos haberlo destruido, ¿no?

Lo sé, papá. Pero el CHI me dio la fortaleza para dejarlo ir.

Harris County Public Library
Houston, Texas